사물이 거울에
보이는 것보다
가까이 있지 않았다

이경우 시집

이경우 시집

사물이 거울에
보이는 것보다
가까이 있지 않았다

생각나눔

|시인의 말|

내 삶의 가치관이 혼란스러워졌을 때
기척도 없이 곁을 지켜 준,
말의 사원.
조금만 더 절실해지기를.

2020년 가을
치악에서
이경우

차 례

이경우의 시 세계 · 111

제1부

사물이 거울에
보이는 것보다
가까이 있지 않았다

적악산[1]

나는,

세상에 거절당한
고송[2]孤松을 사모하였다

가을이 오면,

그가 뿌린 마지막
붉은 피를 바라보며 고개 숙인다.

---

1) 가을 단풍이 고와 붙여진 치악산의 옛 이름
2) 병자호란의 불행한 영웅 임경업 장군. 원주 태생으로 역모의 누명을 쓰고 죽임을 당함.

오후 두 시의 수면

작살 햇살이 쏟아지는 한낮

조그만 연못
수면 위에 피어난 고요
그 고요가 끌어 올린 수생화 몇 송이

적막한 수면을 뚫고 솟아오른
아아,
희열 가득한 저, 작은 이마들

연못에는 크로스컨트리 스키선수처럼
소금쟁이 떼가 미끄러져 다니고
우주를 머리에 인 수생화들
고요 속 참선에 드는 오후 두 시

고요가 품은 빙침 같은
꽃부리의 눈빛, 함께 포장하여
서재 한편에 걸어놓는다.

경계의 법칙

그것이 무심코라는 행동이었을 때,
거짓 상황을 말하지 않는 어린아이처럼
아무도 느끼지 못하는 나만의 표정은
몸이 말하는 최소한의 양심적 고백이다

텃밭으로 나가는 길에 벌레를 밟고 말았다
눈 깜짝할 사이
둘 사이에서 벌어진, 우발적인 상황
그러니까
만나고 헤어지는, 혹은
스쳐 지나는 찰나의 영역 충돌이었다

언젠가 돌부리에 걸려 넘어진 적 있었지
일 분은커녕
일 초도 아닌, 그 순간의 경계선을
침범하여 발생한 것

여기저기 드리운 관계의 그림자들은
그 그늘 너머
쉽게 합쳐지지 않는 무량대수의 감정들로 집약된다
그 벌레도 나와 같이

제 가족의 근심을 구하러 나온 걸음이었을 것인데

내 마음은 하루 내내
미세 먼지 가득한 하늘이었다.

카프카적 시간

1

무지개를 끌어내렸다
울지 못하는 감자달은 쳐다보지 않았다

느닷없는 화산처럼 마주한,
총검 움켜쥔 비 퍼붓는 그믐밤
아침이 눈바람에 굳어버렸는데도
뜨거운 피가 끓어올랐으나 신기루였다

조미료 친 말에 팔랑거리는 귀
한낮에 별을 찾으려는 허망한 몸짓

두 손으로 끌어내린 무지개
다시 일으켜 세우고 싶어도
어느새 너무 멀리 와버린 길

사물이 거울에 보이는 것보다 가까이 있지 않았다

2

서리 내린 후에 반짝이는 샛별
비로소
고사리가 무성하고 깻잎 향이 가득한 텃밭

오래전 꿈꾸던 향기 나는 그림이지만
내 그림자가 너무 길다

고단백 영양 찾아 뻗치는 고목의 손길도 여유 있게 바라본다
바라보아야 한다

낯익은 풍경을 바라볼수록 지워야 하는 순간이 있다.

프리즘

−성악설

흐르는 물살 따라 걷고 있는 백로 한 마리
부리 끝에 날아든 햇살을 고르는 중이다

익숙함은 마음의 중심이 기울어지기 쉬운 법
녹록지 않은 삽입
힘겹게 건져 올린 햇살 한 가닥
긴 부리의 소임은
아드레날린 분비를 증가시키는 것

어제와 오늘을 간신히 이어 놓은 백로
물의 살을 찾아 서식하던,
방금
생을 마감한 햇살에겐 최악의 날이었다

갈댓잎에 부딪혀 튕겨 나간 빛처럼
햇살이 부리에 매달려 팔딱이던
그때,
그늘 한 칸 사이에 두고
연출의 순간만을 고대하던 한 사내의 빛나는 눈빛이

부리 날을 움켜쥔
햇살의 몸부림을 렌즈에 퍼 담는다

행운이었다는 듯,
미소의 의미를 굳이 덧붙이며

사내의 피는 처음부터 따듯하지 않았다.

파리 증후군

-수레너미

길은 처음부터 고분고분하였다

바람도 쉬어 오르던 암벽길이
언제부터 무장 해제되었나

지루한 시간을 붙들고
멈추지 않는 의문부호를 떠올리며 다다른
내 그리움의 공작소

폴더 자세로 허리 굽힌 이곳에서
출발과 도착
두 개의 시간 간격에서 헤어나지 못한 채
일순 나는 궁지에 몰린 바람처럼 멀미가 솟았고
귓가에는 소쩍새 울음이 달라붙었다

말하자면,
여기는 개봉하지 못한 내 마음의 엽서
은거한 스승 찾아, 은거한 산을 넘을 때
태종임금, 그러니까

용의 눈물이 스며든 성스러운 고갯마루
돌이킬 수 없는 시간 속에
그토록 배달을 기다리던 한 통의 엽서
내가 세월을 나는 동안
신비의 무지개가 피어나던 곳

지금도 이곳의 밤엔
어둠을 타고 계곡 한가득 별들이 내려온다

그날부터
불면의 밤은 시작되었고
귓속에서는 가끔 이명처럼 소쩍새가 울다가 갔다
어느 날은
읽다가 만 엽서의 아쉬움처럼 안타깝게 울어댔다

멀리서 나를 바라보는
고갯마루는 식어버린 쇠처럼 고요하다.

시간의 점

원래 자리로 돌아올 수 있어 여행이다

오래된 시간 속으로의 여행은
다시 돌아갈 곳이 있기에
내가 나에게 부여하는 나만의 휴休의 의식

너와 내가 된 도시 부다페스트에서
처음으로 오래된 시간을 만났다

시간을 잘라 터전을 일구고
시간을 쌓아 집을 지어 온 사람들

그곳을 그곳답게 가꿔오고
지금까지 그 시간을 지켜낸 그들의 시간이
내가 나에게 선물한 첫 휴의 시간이다

다뉴브 강을 사이에 두고
오래된 시간에 어둠이 내리면,
부다와 페스트를 이어주는 세체니 다리처럼
시간의 저쪽과 이쪽 사이
너와 나 사이를 강으로 별이 흐르고

별이 가득한 하늘은
오래된 시간을 더욱 위대하게 만든다

내 생애 마지막 오목의 변곡점에 서 있는
이 순간 필요한 건 내 삶의 새로운 제로베이스

맨발의 영혼들이 잠든 다뉴브 강을 바라보며
비로소
나는 시간의 점 하나를 찍는다.

버킷리스트

한낮의 열기가 가시지 않은 초저녁
바람에 날리는 모래알처럼
사정없이 날아와 부딪히는
하루살이 떼를 만난 적 있다

저녁노을을 배경으로
온통 냇가 풀밭 상공을 뒤덮은
한 여름밤의 왈츠

그때, 나는 망부석
눈을 감고 서서 움직일 수가 없었다

흡사 생애 꼭 하고 싶은 일 하나를 하는 것처럼
그 춤사위가 너무도 장엄했으므로

지금껏 가장 많이 후회하는 것은
내가 했던 일이 아니라
하지 못한 것에 대한 아쉬움

두 눈에 불을 켠 듯
떼 지어 선회하는 하루살이들의 행진

아아,

암컷을 부르는 수컷들의 마지막 버킷리스트.

은유의 꽃

전봇대가 지켜본 아침
벌써 몇 시간 째 떨고 있는, 흐릿한
남자의 지난밤 은유

스쳐 지나기만 해도
알코올 냄새 물씬 날 것 같은
꽃받침, 수술이 꽃잎으로 피어난,
겹꽃 한 송이 피어 있다

하루 내내 가스 불로 군물 끓일 때
데우고 식는 사이
애간장이 타는 생의 한 모퉁이

텔레비전에서는 오늘도
덧셈 뺄셈하듯 좀비 수를 알리며
몸은 멀어도 마음은 가까이라고 열을 올리지만
그럴수록 거리는 점점 더 삭막해져 가는데
행여나 싶어, 다시 또
데우고 식고 데우고 식기를 반복하다가
밤늦게 도리어 손님이 되어버린 남자

근심 가득 기다리고 있을 가족 생각에
울컥, 목울대가 조여 버린 순간

아아,

보기만 해도 알코올
냄새 물씬 날 것 같은 초록의 꽃송이
너무 활짝 피어 흩어져버린.

더불어 숲

숲 속은 나무들 초록 정맥으로 정밀하다
하늘도 비집고 들어올 틈을 허용하지 않겠다는 듯

새 울음
물 울음,
바람의 울음만이 고요를 밀어내고 있다

방향을 찾지 못한 감각이
오로지 소리에만 반응하고 있는데
밀도가 비좁은 삶은 치열하지만
더불어 문화는 불문율이다

억지 가지 하나 뻗지 않은 나무들
나무와 나무가 겹치지 않도록
비어 있는 공간에 먼저 손을 내민다

더불어 산다는 말은
제 삶을 게을리하지 않는다는 것

나무는 나무대로 겨우내
움츠린 관절 마디, 세포 하나를 마음껏 펼쳐 나가고

새는 새대로 은밀하게
적은 문장을 나뭇가지 위에서 편하게 읽어주며
물은 물대로
중력과 먼 유랑길에 오른다

숲 속으로 가면 바람이 문을 연다
저 문을 들어서면 나무들의 빼곡한 어울림

숲은 따뜻하다.

바람의 붓

목련이 지는 아침
창밖에서 나무가 글씨를 쓰고 있다

필시 바람이 전하는 편지일 것인데
상형문자인가
알파벳인가
바람이 쓰는 글씨를 읽을 수가 없다

나무 붓으로 써나가는
바람은 대체 무슨 말을 전하려는 걸까

바람이 되어보지 않고는 알 수가 없는데
붓을 잡은 바람의 손끝이
오케스트라를 지휘하는 지휘봉 같다

산을 넘고 계곡을 빠져나와 또다시
마음 둘 곳 없어 떠도는 바람
바람은 분명 무슨 말을 전하고 싶은 것인데
편지를 써서 제 마음을 보내는 것인데
지금까지
그 누구의 붓도 되어보지 못한 나는

그것을 읽어내지 못한다

바람은 여전히 정성을 다해 편지를 쓰고 있다
바람이 되어야만 읽을 수 있는 게 아니라고
진정한 마음만 있으면 되는 거라고

아아,

나는 읽어내지 못했다
목련이 지도록
붓이 닳도록.

버림 함수

하나둘 들려 나오는 빈 가슴들
이미 식어버린 몸이거나
아직은 온기가 있어 새 주인을 기다리는 몸들
버려진다는 예감에 동공이 흔들린다

매주 수요일 아침 분리수거 하는 날

한 시절을 함께 건너온 사이건만
망설임 없이 돌아서는 사람들
마음 정리할 시간이 필요한 듯 버려진 몸들은
시름없는 한나절을 부동자세로 일관하고 있다

아무도 궁금해하지 않는다
아무도 관심이 없다
버려진 몸들의 행방쯤은

더러는 새 주인 만나 새살림 차렸다는 소문도 있고
어떤 몸은 인간의 겨울 난방을 위해
제 한 몸 불살랐다 하기도하고,
또 다른 몸은 스스로 몸져누워
고단했던 삶을 마감했다는 풍문이 들려올 뿐이다

몸들이 떠나고 난 아파트 경비실 앞
물을 뿌리고
바닥을 쓸어
한 생의 마지막 흔적마저 지워버리는 경비원

그러니까
당신의 반 내림은 언제, 어디서, 누가 할 것인가.

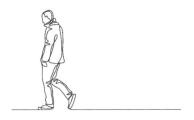

예감

여기저기

봄꽃 포탄이 낙하하기 시작한다

또,

한 차례 신열이 오를 것 같다.

유아독존

나는 존재의 아이콘이다

세상의 아름다움도
우주의 신비스러움도

모두
나로부터 나온다

내가 세상의 중심이다.

제2부

그 남자의 가방

겨울 치악

산봉우리에 쌓인 눈
적막에 잠긴 들녘으로 내려와
겨우내 돌아가지 않네

세상을 거절한
운곡[3]의 흰 무명 두루마기 같은 눈

그 안에 지닌,
그가 꿈꾸었던 새하얀 세상

눈이 내리네
적막이 쌓이네

저, 내리는 눈
한결같은 마음 묵언으로 시늉하네.

---

3) 고려말 4처사의 한 사람으로 태종 이방원의 스승. 정치가 문란해지자 벼슬을 버리고
   치악산에 은거. 조선 개국 후 태종이 불렀으나, 고려에 대한 충절을 끝까지 지켜 벼슬
   에 나아가지 않음.

순장

사월이었다

뒤란 라일락 나무 아래
점심때 구워 먹은 고등어 뼈를 묻어주었다

성산 일출의 붉은 노을 한 폭
동해 푸른 파도의 노래 한 악장
장강 하구
그 뜨거웠던 사랑의 기억도 함께

다만, 그날
잔인했던 그물의 기억은 넣지 않았다
미세 먼지의 불명예와
등 푸른 오메가-3,
안동 소금 그 쓰라린 기억도

고이고이,

볕 좋은 봄날 오후에.

직선, 직선적인

−600년 노송

노송의 얼굴이 둥글다
직선이 만든 걸작이다

직선은 매우 직선적이어서
원을 뚫고 솟아오른 직선 하나가
몇 개의 직선을 치고

다시, 그 직선들이 직선을 치고
또 그 직선들이 모여
마침내,
커다란 원을 만들어낸 것

하늘로 향하는 흔들림 없는 집념처럼
원을 지탱하는 힘은
햇살에 대한 깊은 믿음이다

노송의 오래된 세월을 관조하면서
나는,
삶의 의미를 호흡한다 노송의

지혜의 여백을 배운다

길고 긴 노송의 둥근 세월도
단순한 직선의 시작이었듯이
우리의 삶도 작은 직선으로
원을 만들어 가는 하나의 과정이 아닐까.

마무리 플롯

서 있어도 기울어지는 산 깊은 계곡
선 채로 백골이 되어버린 나무

알 수 없는 분노가 옹고집으로 남았는지
나무는 죽음의 기울기조차 거부하고 있다

들어주는 이 없는 이야기를 하고 싶어서
들어주는 이 없는 이야기를 하기 싫어서
은유로써 백골을 보여주는가 보다

울음과 함께 날아가는 산새 한 마리
그 슬픔의 방향으로 빠져드는 성스러운 시간

소리 없이 울부짖었을 나무와
나무가 흘렸을 마지막 눈물
나는 읽어내지 못한다
나무의 애절한 심장의 마지막 울음을

아무리 기도가 간절할지라도
바람은 저 나무를 끊임없이 점령하려 들것이고
해와 달과 더불어 살아온 한 생의 흔적을

산속에 남겨둔 채로, 나무는
제 죽음의 이야기를 멈추지 않을 것인데

돌아서면 흩어지는 먼지에 불과한,
나 또한
무심히 흘러가는 계곡의 한 방울 물일 수밖에.

외줄 발자국

어디서 온 걸음일까

지난밤 앞마당을 다녀간 앙증맞은 발자국
발자국 주인을 찾으려는 노인의 몸이
금세라도 꼬꾸라질 듯 출렁거린다

너희 할머니가 왔다 갔어!

들 가운데 학처럼 홀로 떠 있는 집
노인의 흰 수염이 눈바람에 휩쓸리던 날
젖은기침 쿨럭이며
눈길 따라 떠나가신 할머니

할머니 찾아오라며,
날마다 눈빛이 아득해지는 노인

사랑방 문 앞까지 와서 서성이다
문고리 한 번 잡지 못하고 돌아선 것은
시린 발보다 절절한
기억에서 사라져버린 치매 노인의 그리움이었을까

할머니와 노인
이승과 저승을 이어주는
눈밭 위의 외줄 발자국이 선명하게 살아있다.

아미타경

어느 고사리 같은 손길이었을까
마디 굵은 가장의 성근 손길이었을까

수레너미 둘레길 옆 바윗돌
정성을 쌓아 올린 5층 돌탑

탑을 쌓는다는 건
마음의 중심을 바로 세우는 일

기껏해야 무릎에도 닿지 않을 돌탑
조바심치게 올려진
다섯 뭉치
작은 문장들의 비밀스러운 주문을
아무도 들어보려 하지 않는다

단풍잎이 바람에 날리는
늦가을 오후
단풍잎만 바위를 붉은 양탄자로 덮을 뿐

기우는 햇살 머금은 단풍잎이 아미타불 입술처럼 붉다.

간극 본능

– 수레너미[4]

수레는 산을 넘을 수 없는 거라고
나는 일렀다
수레도 산을 넘을 수 있다고
너는 말했다

수레는 길을 따라가야 한다고
나는 일렀다
수레도 새 길을 낼 수 있다고
너는 말했다

큰 수레가 산을 넘어서는 안 된다고
나는 일렀다
어떤 수레든 산을 넘을 수 있는 거라고
너는 말했다

큰 수레가 산을 넘으면 말과 사람이 다칠 수 있다고
나는 일렀다

작은 수레도 산을 넘기 위해서는
말과 사람이 다칠 수밖에 없다고
너는 말했다

그리고,

아아
너는 기어이 산을 넘어 새 길을 내고 말았다.

4) 태종(방원)이 스승인 운곡 처사를 만나기 위해 수레를 타고 넘어갔다는 고개.

환승

다시 돌아올 사람 없는,
오직 한 사람만을 위한 임시 터미널
경계가 모호해진 사람들로 북적인다

어-호 어-호 어이 넘차 어-호

봉인된 관 속에서 잠든,
영원히 깨어나지 않을 침묵
바람은 그에게 끝내 안녕이라 말하지 않았다

매 순간이 최선이었을 그의 발자취가
고요 속에 후광처럼 선명해질 때
애도의 온도는 각자의 몫일 뿐
임시 터미널은 엄숙함이 고조되는 순간이다

일상에서의 갈아타기에 익숙한 우리
이승에서의 마지막 환승의 문이 닫히고 나면
한 시대의 기억이
흐릿해지는 것에 대하여 익숙해져 있다
터미널을 떠나면
궤도를 따라 하늘 너머로 떠가겠지만

처음 가는 서툰 길의 종착역은 그 어디쯤인지
가본 자만이 알고 있을 것이다

간다 간다 나는 간다
에-호-리 달-회-야
간다 간다 정든 님 남겨두고
에-호-리 달-회-야

영원한 잠의 완성은 부동의 평면 자세라고
몇 번이고 다지고 또 다져
떠나는 길이 부대끼지 말라고
둥글게 지붕을 만드는 건지 모른다.

강물의 옹이

어느 먼 곳에서 여기까지 흘러왔는지
쌓인 모래층마다
울고 웃는 사연의 알맹이들

생각해 보면, 강물도 슬픔은 있어서
이른 아침 제 입김으로 가리면서까지
보여주고 싶지 않은, 그러니까
저 작은 모래톱은
아무도 모르는 강물의 아픈 손가락이다

한때의 호기가 가슴에 상처로 남아
강물은 그 아픔을 잊으려는 듯
물새와 달맞이꽃에 품을 내주었다

달 없는 밤에도 달맞이꽃은 피고
강아지가 없어도 강아지풀이 손 흔드는,
시간의 속도가 필요하지 않은 물 위의 세상

마을과 건넛마을 사이
그와 우리 사이를 이어주는 징검돌 같은 모래톱
나도 저 모래톱을 딛고 강을 건너보고 싶어진다

고단한 삶의 닻을 내리고 싶은,
내 안의 나루터 같은

하루의 전모가
섬강 하구 너머로 잠겨 드는 시간
오래 서서 바라보면
잊고 있던 얼굴들

노을을 배경으로
훗날 내 무덤 앞에
꽃 한 송이 들고 찾을 사람을 떠올려 보는데

지금까지 무상으로 임차한 삶을 위하여
내일은 내일의 분량으로 남겨두자는
생각, 생각들.

바람의 행간

이것은 필시
외압이 있었음을 증명하는 잔흔이다

간밤 비바람에 넘어진 나무의
찢겨나간 가지
둥글게 잘린 뿌리

이곳으로 이주해 오던 날
나무는 이미 몸의 기울기가 시작되었음을
바람만이 알고 있었을 것이다

공든 탑은 무너지지 않는다고,
지난겨울 대설 주의보에도 끄떡없었다고
끝내 제 속내를 드러내지 않은 나무

아무도 읽어내지 못했다

등줄기를 타고 흘러내린 침묵의 바람이
먼 평원으로 닿아 있음을
고요함이 언제든지 비바람을 일으킬 수 있다는 것을
기척이 없는 바람은 오늘도

평원 너머에서
우두둑 손마디 꺾고 손 비비며
호흡을 가다듬는 휴화산일지 모른다.

눈물의 온도

강림 허브 산장 헛간에서
제 무게에 눌려 숨조차 쉬지 못하고 쌓여있는
장작더미를 보았습니다

한기가 마른 억새처럼 억센 밤

허브차가 끓고 있는 무쇠 난로 옆에 둘러앉아
서울 시인들과 차를 마시면서
무쇠 난로가 능청스레 장작을 받아 삼킬 때마다
나는 방금 가져온 장작개비의 빈자리에 가서 누웠습니다

아버지는 그해 겨울
어린 자식 다니는 초등학교
난방용 통나무장작 100개비를 지게로 부려 놓고
그 무게로 며칠을
마른 장작개비처럼 누워계셨습니다

친구 아버지들은 장작 대신 현금을 냈지요
단돈 500환!
툭!
무쇠 난로가 호들갑을 떨고 있습니다
떨어진 눈물 한 방울이 뜨겁다고.

가문비나무

수목 한계선 바로 아래
하늘마저 새파랗게 얼어버린 얼음 세상

침묵의 산 위에서
눈을 감은 채 얼음을 뒤집어쓰고 있는 가문비나무

빛이 닿지 않는 곳에서
어깨를 움츠린 채 눈바람을 견디고 있는,

지금 내 모습은 가문비나무

어둠 속에 놓인 내 삶의 잔가지들을
하나씩 떨궈버리고 나면
내 노래를 나도 다른 이들에게 들려줄 수 있을까

해발 삼천 미터
알프스산맥을 넘어 달려온 눈보라 같은
가문비나무

사철 냉기뿐인 이곳
추위를 겉옷 삼아 넉넉하게 걸친
가문비나무

가문비나무를 닮은 얼음투성이 사람들이
떠오르는 햇살을 바라보고 있다.

그 남자의 가방

모두가 버스 정류장 벤치에 앉아 있다

사내의 나른한 시간이
잠깐의 측은지심으로 접수되고
작은 몸집이 주는, 뜻 모를
우수가 깃들어 조금은 형이상학적인 느낌이다

내리면 타고, 타면 떠나는 버스들의 기척에도
사내의 넋은 어디 외출 중인 듯
우두커니 가방을 가족처럼 가슴 깊숙이 껴안았다

도착하는 버스마다 엔진 소리가
풀죽은 가방의 손잡이를 흔들어 본다

눈에 익었을 정류장 벤치에 대하여
조금의 거부감도 없이 친숙한 사내의 엉덩이

깊게 떨군 고개가 오후의 시간을 늘릴 때
절반의 무게가 실린 발끝은
맞은편 정류장을 건너다보고 있다

고막을 뒤흔든 버스의 엔진 소음에
번쩍!

서둘러 외출에서 복귀하는 가방
부리나케 버스 위로 올라타는 순간이다.

속성

부르지도 않았는데
창밖에
가을 산이 다가서 있다

어제 내린 비에 몸 씻더니
새롭게 몸 단장한
붉은 새 옷 갈아입고서….

칭찬 한마디 해주었다
옷이 예쁘다고
아주 잘 어울린다고

내일은 훨씬 더 예뻐질 테니까.

자드락 비

비가 내린다
쏟아 붓는다

부끄럽고 아쉬웠던,
내 지나온 길 말끔히 씻겨가라고

비가 내린다
쏟아 붓는다

내 가야 할 길 깨끗하게 닦아
다시,
새롭게 펼쳐보라고

비가 내린다
쏟아 붓는다
밤새도록.

제3부

지워지지 않는 풍경

내 마음의 종소리

간밤에
고요를 뚫고 들려오던 종소리

어두운 미혹에서 깨어나라

누군가
도리천 붓다의 가르침을 내게
전하려 했던 걸까

아침 일찍이
뒤란에 나가보니
알밤이 사방에 떨어져 있다.

시간 속으로

여름이 오면
제일 먼저 백로들이 하늘을 날았다

마을 뒷산 영송 나무
푸르른 황룡보 뜰
치악이 내려보내는 학곡 천변에
널어놓은 빨래처럼 하얗게 내려앉았다

논매는 농부들의 어깨너머로
새참 이고 가는 아낙 머리 위로
헬리콥터처럼 낮게 날았다

푸른 들판을 가로질러
하얀 자태를 뽐내듯 떼 지어 날았다

홀린 듯 홀린 듯
백로 떼를 쫓아가던
허기진 아이들의 긴긴 여름날이 있었다.

말의 사원

늦가을 궂은비 내리던 밤이었어
잠의 문전을 서성이다
우연히 만나게 된 것은

그때, 한 마리 연어가 되어
태어나서 자란 하천으로 돌아간 느낌이었지

절제되고 은유적으로 연출된 사물들
눈으로 천천히 씹어보는데

아아,

물 위에 떨어진 잉크가 번져나가듯
내 마음의 평원을 새파랗게 물들이는 거야

말의 사원을 보며
나른한 오후의 소처럼 사물들을 곱씹어보렴
상처 입은 마음이 치유되는 느낌을 받을 테니까

뒤집고 꿰뚫어 보는,
신선한 감각의 세련된 패션으로

나도 시공을 초월할
아름다운 말의 사원을 짓고 싶어
언제나 낯설고 새로운

사물들의 숨겨진
행간을 들여다볼 수 있는 사람이 되는 것도.

나트랑, 2019

바람이 정박해 있는 부둣가
수입해 온 훈풍을 연방 하역 중이다

건물 입구 경비원은
언제부터인지
잡고 있던 M16 대신 휴대폰을 들고 있다

롱선사 백불상 앞에 떠 있는 남지나 해변
시간이 비켜 가고 있음이 분명하지만
건물에 나부끼는 금성홍기는 여전히 낯설기만 하다

비가 내리기 시작하는
저녁 네 시
랜턴 여행자 거리
상인들이 가슴에 불을 켜 놓고
미소를 진열하고 있다

핏기 가신 자유의 조각들이
사회주의의 몸통에 섞여
실용의 새 상품으로 거래되고 있다

조국의 이름으로
오래전
정글에 넋 묻은 우리의 아들들
아슴푸레한 수많은 그 이름들.

치악로

길은 언제나 목적지를 향해 일방적이다

희뿌연 새벽, 광목 홑치마저고리로
섶다리 건너
저잣거리 가는 아낙들의 고달픈 발걸음

담보할 수 없는 기약
속절없이 끌려간 아버지의 징용 발길

그믐밤 옆에 끼고
보퉁이 도망치듯 서울로 간 누이는 소식이 없고

이역 타국에 넋을 묻은
윗마을 형님의 월남전 파병 마지막 길

흰 눈 내려 하얀 새벽
어린 손 흔들며
검은 점으로 멀어지던 서울 고종사촌

하 많은 발걸음이 쌓이고 쌓인,
눈물 젖은 이들을 떠나고 보낸 그 길

말하지 않아도 알고 있다는 듯
하나둘 눈을 뜨며 나타나는 별들

나는 그 별들을 마당으로 불러 앉히고
오늘 밤
옛이야기 곱씹으며 잔 가득 눈물을 기울이고 싶다.

처음 그 느낌

아아,
그곳은 분명 블랙홀이었어

시간은 멈추고 빛이 증발해버린 고요와 평화,
고통도 기쁨도 그 아무것도 아닌 무無의 세계였으니까

아침 8시. 엘리베이터를 타고 천상으로 향하듯
낯선 문을 열고
내가 누운 스트레처카가 자리를 잡았을 때,
내 팔을 잡은 의사의 감촉이 느껴지려는 찰라
태양은 사라지고
궤도를 이탈한 세상은
저항할 수 없는 형체의 강력한 중력에 빨려들었어
순간이었지

아아,

지난날 매우 이기적이었어
감정을 억제하지 못하고 순리를 거스르며 살아왔거든
그러므로, 분노와 탐욕의 지옥을 헤매다가 연옥의 벼랑을
단계별로 지나며 모든 죄를 씻고 나서,

비로소 구원을 받아 천국으로 오르는 길이었나 봐

"눈 떠 보세요!"라는 소리에
마법처럼, 사건의 지평선[5]을 벗어나며
다시 눈을 떴을 때, 돌연 쏟아지는 눈물
왜 이렇게 눈물이 많으세요?

아아,

저, 밝은 햇빛
변함없는 이 소란함이란!

---

5) 어떠한 사건이 외부의 관측자에게 영향을 미치지 못하는 경계를 이르는 말. 이 안에
   서는 중력이 너무 강해 빛조차 빠져나가지 못한다.

이름 없는 시간

달빛이 차갑게 내립니다
마을은 잠이 들어 적막합니다

윗마을 어귀 언덕에서
육백 년을 견뎌낸 노송도
서편으로 기우는 시간입니다

개울 건너 어디선가
적막을 물어뜯는 개 짖는 소리에
영송 나무 위 놀란 백로 한 쌍
날갯짓 한번 길게 켭니다

구룡사 새벽 인경소리가 떠나고
내 붓방아도 그만 멈춥니다

시간은 아무런 고민도 없는 듯
다시 또 연보랏빛
철쭉 피는 계절을 떠나보내고 있습니다

나는 잠시 뒤란에 나와
푼푼한 달에 달덩이 같은 내 얼굴 비춰봅니다

평온해서 오히려 그리운 건 다 잊어버립니다
다만, 어쩌지 못한 외로움만이
계수나무 그늘처럼 드리워 있을 뿐입니다.

단순한 기쁨

수통을 열자
참았던 갈증을 들이키듯 빨려 들어가는 물

내 논에 물들어가는 것이
이토록 시원할까
타는 내 목마름이 덩달아 가시는 듯하다

논물을 위하여
저 산 어딘가에
물을 내려보내는 한자리가 있었다는 것

논물을 위하여
물풀에 몸이 베이고
앞을 가로막는 바위를 어르고 달래며
힘겹게 달려온
물의 걸음이 있었다는 것인데

누군가를 위하여
한 번도 힘들여 달려 가 본 적 없는
지난날의 나를 비웃기라도 하듯
논으로 들어가던 물이
입술을 동그랗게 오므리며 킥킥거리는 거였다.

내가 쓰는 시

창밖에
먼 길 돌아온 여행자 차림으로 찾아온
늦가을 밤비

나,
현관문 열고 나가
커다란
우산을 내어주리라.

꿩, 숲에 깃들다

정오가 되도록 골안개 걷힐 줄 모르고
세렴폭포 지나 등산객 몇 사람
신음처럼 중얼대며 바윗길을 오른다

앞서가던 한 사내
마치 제 모습을 마주한 듯
흘끔흘끔 뒤를 돌아본다

서울 생활은 제 삶의 임시거처라는 사내
그가 산을 오를 때가 고향을 찾을 때다
그도 산을 오르면서
자신의 정체성을 확인하고 싶었던 걸까

오래전 서울로 떠난, 그 사람
돌아올 날을 힘겹게 기다리는 여인처럼
금낭화, 분홍빛 연등을 오솔길 옆에 내걸었다

바위에 걸터앉아 쉬는 동안 사내는
잠자는 비로봉의 전설을 깨워
쏟아내기 시작한다, 나는
그 말들을 계곡으로 흘려보내며

혹여, 동문 선배일지 모른다는 생각

달개비 파란 눈이 원망하듯 쳐다보던 고향 집
그 적막한 마당을 들어설 때
뒤통수가 따갑던 그때를 소환한다

숲 속 어디선가 검붉은 꿩 한 마리 솟구쳐 오른다
사람이 두려워도, 깊은 산 속으로 깃들지 못하는
저, 꿩 같은 사내
오늘 드디어 사람 곁을 떠나려나 보다

비로봉 불탑을 향해 날아오르고 있다
천천히, 아주 천천히.

어미 다랑이

어미의 근심이 층층이 내려 쌓인 산비탈
벌거벗은 몸들을 어쩌지 못해
주름으로 엮은 아픈 손가락들

근심을 위로하는, 어미의 할 일은
제 몸을 풀어
한줄기 물을 흘려보내는 것인데

겨울잠에서 깨어난 지 서너 달
아직도 물 한 모금 제대로 축여주지 못한 어미
지나는 바람에
타는 시름을 하소연해 보지만
고작 흙먼지 날리는 몸이나
어루만져 주는 것일 뿐

움켜쥔 손가락 사이로 빠져나간 시름이
주름으로 촘촘한,
노동의 두 손에 온전히
일생이 잡혀있는 오직 하늘바라기들

연둣빛 산등성이 너머

노을이 물들어 갈 때
제 어미의 근심을 베개 삼아
길게 모로 누운 몸들
절기쯤은 아랑곳없이.

물의 뼈

물이 운다
알몸으로 운다

떠나면서 울고
울면서 떠나간다
부딪치고 넘어지면서 간다

태어나면서부터 거역할 수 없는 유랑의 유전자

알지 못한다 나는
물이 왜 울면서 가는지

죽어서도 머물지 못하는 제 운명이 야속해서인지
머물면 세속에 물들고 마는 안타까움 때문인지

흐르다가 지쳐버린
물의 몸

보에 막혀 포말을 입에 물고
바위에 부딪혀
온몸을 뒤집으며 자지러지는 물의 비명

흐르는 물소리가
물에 빠져 허우적거리거나
가슴을 치는 절규처럼 들리기는 처음이었다

시냇물의 비명을 듣고 난 뒤에야 비로소
그 깊숙이 들어버린, 푸른 멍이 보이는 것이었다

겨울 새벽 강의
관절통 앓는 신음이 들리는 것이었다.

기억의 무게

경칩을 며칠 앞두고
진눈깨비 추적이던 그날

한마디 말도 남기지 않은 채
아버지, 눈길 따라가신 지 어언 십오 년

농투성이의 한 세상
고단한 생을 버려둔 채
달랑 동전 몇 닢
성긴 삼베 두루마기 허리춤에 챙겨 넣고,

진눈깨비 산죽 때리는 오솔길 따라
눈바람도 몸 사리는
얼어붙은 고갯마루 너머로….

주인 잃은 문패,
현관 입구에서 우두커니 눈물짓고 있네

녹슨 농기구들,
비좁은 창고 구석에서 눈물짓고 있네

나이 든 털신 한 켤레,
신발장에 갇혀 눈물짓고 있네

백마고지 무공훈장,
바랜 액자 속에서 소리 없이 눈물짓고 있네.

지워지지 않는 풍경

월계동 대나무 숲 둥근 달은
지금도 푸르게 빛나고 있을까

벤치에 기대어
밤 이슥토록 시를 이야기할 때
아무리 소문난 주酒님의 신자라 해도
성수찬양 시간을 조금만 줄였으면 했는데,

모두 나의 친구들이지
순수한 '생맥 500', 개성이 있는 '처음처럼'
진정한 우정은 친구를 해치는 법이 없소
친구가 있으면 불면의 밤이 무섭지 않아
시가 샘물처럼 솟아나거든!

무엇으로 움직일 수 있단 말인가
아무리 밀고 또 밀어도
꿈쩍 않는 거대한 바위의 중심을

끝내, 믿었던 친구로부터 배신당한, 어이없는
1인 교주

1인 신도

아아,

월계동 대나무 숲을 비추던
계수나무 푸른 달빛
이제는 아름다웠던, 그 어느 날의 풍경 한 컷.

소망

샛노란 은행잎들이 바람에 하르르 날리고 있다

가볍다

때 되어 평온하게 질 수만 있다면!

주저 없이
저,

은행잎처럼.

제4부

산 너머 남쪽

우주

차량들이 질주하는 아스팔트 길
갈라진 틈새
작은 꽃 하나 피어 있다

바르르 몸을 떠는 꽃
차량이 다가올 때마다 고개를 숙인다
바람이었다

내가 손을 흔들어 주자
노란 꽃이 틈새에서 웃는다

우주가
나를 보고 웃었다.

기억만이라도

나는 운곡을 알지 못한다
방원도 알지 못한다
치악산 너머 강림, 단풍 붉은 부곡 계곡
노구소의 노파 또한 알지 못한다

나는 변암을 가보지 못했다
횡지암도 가보지 못했다
배향산 또한 가보지 못했다

600여 년 전, 세상을 거절한 운곡
그 스승 찾아간 제자 태종

고요히 눈을 감고 비각에 걸터앉아
바람 속으로 흘려보낸,
지난날들 속으로
제자라는,
잊고 살아온 이름의 나를 반추하면서.

산정의 노을

저곳은 혼자 어떤 사람이 한없이 걸어가 본
들판 같은 곳이었습니다[6)

그의 유고 시집에서
이 시를 마주하던 날, 나는
묵은 종이 냄새 진동하는 책들과
먼지 쌓인 LP판 가득 찬 서재
그러니까, 그가 말하는
세속적 독락당에서 세속적 은둔 생활을 하던
말년의 그를 생각했다

내가 급하게 그를 찾았을 때
아, 이 선생! 하고 말하고 싶은 그와
아, 이 선생! 하고 말할 수 없는 그가
아, 이 선생! 하고
번쩍! 눈으로 말했다

119보다, 내가 먼저 생각나더라고 말하던 그가
지금,
지난 시간을 어디에 넣어 두었는지
여기는 어디, 나는 누구? 하듯

저 멀리 아득한 표정으로 바라보는데
그를 기억하고 싶은 그가 보였다
그를 기억하고 싶지 않은 그가 보였다

그는 홀로 노을 진 들판을 하염없이 걸어가고 있었다.

6) 조정권 유고집 1, 「노을」, 『삶이라는 책』, 파란, 2018. 143쪽

산 너머 남쪽

어둠이 소환되지 않는 고샅이 있다
길지 않지만 다각적이지 않아
언제나 따뜻한, 내 마음의 고향

입구에는 고양이 한 마리
겨울 햇살에 겨워 졸고 있는 작은 정자
고샅에 들어서면
고개 끄덕이는 종 대신 산소통이 매달려 있어
교회의 새벽을 깨우는 시간이 있고

담 너머 팔 늘어뜨린 감나무 집
애기똥풀 노랗게 웃고 있는 뜨락엔
지팡이 의지해 걸터앉은 손자 바라기 할아버지
할머니 해소 기침 소리 밤을 앓았다

하루 두 번 고샅을 들었다 놓는 남포 소리
사람들은 저마다 리어카 끌고 품을 팔았는데

어느 날, 고샅을 밝히던 홍시 빛 등불도
봄에게 자리를 비워 줘야 한다고
꽃집도, 비석거리도 모두 물속에 잠긴다고

그해 여름
발버둥 치며 고샅길에 주저앉았지만
갓 시집온 귀밑머리 뽀얀 아낙도
귀가 헐 것 같은 매미
그 울음소리마저도 나를 외면한 채
기어이 수면 아래로 묻혀 버린.

시절 인연

의욕의 기준은 감정의 깊이
도리 없이 하루의 무거운 침묵이 자리 잡는다
그 냉랭함 사이로

얼굴 근육의 빗장을 풀지 않는 오너의
변환해야 할 것들을 주문해보고 싶은
아침 회의 시간

엊그제 하역한 볼리비아 수입 양피가
핀홀 투성이라는 공장장 보고
젊은 오너의 야심 찬 프로젝트였기에
오래 기다리던
딸의 순산 문자에도 감흥 표정을 짓지 못한다

납덩이 같은 시간이 끌려가는 오후
뜻밖의 지인이 보낸
아들 결혼 청첩에 대해 잠시 생각하다가
며칠 전 심장 수술한 친척을 문병,
땅거미가 짙어갈 무렵
안양 친구 모친 거상에 얼굴을 내밀었다

밤늦어 집으로 가는 길
하루를 돌아보니 세상은 모두가
벗어날 수 없는 끈으로 이어져 있다는 생각

이천 오백여 년 전,
석가모니여래가 출가할 수밖에 없었던 까닭을
여전히 오늘 하루도 깨닫지 못한 채,
어리석고 사리에 어두운 나는 육신만 피곤할 뿐.

하도 낙서

노인이라고 적었다

老가 아닌 怒로 적었다

제아무리 살기 바쁘다 해도
찜통 여름 내내
전화 한 통 없는 자식 놈이라고 적었다

아직 팔 근육은 시들지 않았는데
하릴없이 도시 속의 섬
파고다 공원을 기웃거렸다고 적었다

등 굽은 물고기가 동해에 넘실거리고
황사는 오늘도
서편 하늘을 물들이며 몰려오는데
밤늦도록 주점에는
넘쳐나는 젊은이들이라고 적었다

눈치 없는 혈압이 정수리까지 차오르지만
내 그림자는 이미 길어진 지 오래
내가 할 수 있는 건

다만,
내 마음 내가 다독일 수밖에 없다고 적었다

그래서
人이 아닌 찐으로 적었다.

땅과 인간

내가 태어날 때
누군가는 죽어 땅으로 돌아가고
누군가 죽어 땅으로 돌아갈 때
나는 태어났으니

언젠가는
누군가 태어날 때 나 또한 땅으로 돌아가리

모든 것은
태어나고 죽고…

태어나고 죽는 인간
땅도 함께 나이 들어가지만
땅은 여전히 굳건하게
익숙한 듯
무심한 듯 바라만 보고 있다

인간은, 모두 다 제각각이지만
태어나 땅을 지키며, 땅을 중심으로 살다
땅으로 돌아가는 존재
그런 땅을 사랑할 것도 같고

미워할 것도 같고, 그렇지만
땅은 다시 돌아오는 인간을
가슴 깊은 곳에 품어주고

태어나고 죽고
태어나고 죽고
땅과 인간의 시간이 그렇게 함께 흘러가고.

찔레꽃

수줍어 소복으로 피어나고 싶었다
외로워 다산으로 피어나고 싶었다

산 넘어 양지 말
가마 타고 시집온 학고을에서

내일이면,

또
내일이면

기다리고,

또
기다리다

어느새 구순 넘어 하얗게 바래버린,

어머니.

어려운 숙제

노량진 수산시장에 가보면 생각이 많아진다

세상에서
가장 무서운 존재는
인간이라는 생각에서부터,

내 삶은 한 번도
저토록 치열해 보지 못했다는 생각까지.

부메랑 효과

강산이 벌거숭이던 시절
해마다 반복되는 물난리에
토사 방비가 시급하던 시절이 있었다

그때, 혜성처럼 나타난 아카시아
모래밭이라도
좋았다, 미끄러져 내린 산비탈도
이 땅 어느 곳이든 심어만 주면 되었다
아아,
구세주 같은 나무였다

미래를 생각해야 한다는 이 아무도 없었다
오로지 산림녹화만을 입에 달고 살았을 뿐
오십 년 뒤를 경고해주는 이 없었다

아카시아꽃이 온 산을 덮었다
초여름 잠깐의 벌꿀보다도
한겨울 난방용 땔감보다도,
이제는 우리에게 목재가 필요한 시점

비로소 사람들은 수종 갱신을 바라지만,

아아, 어찌하랴

자르고 베어내도 지치지 않는 저 생명력을
다만,
뿌린 대로 거둔 부메랑인 것을.

모정의 뜰

나이 마흔에 혼자되었다는
산 너머 원조 감자 떡집 할머니

명절 때만 되면
젊은 마누라하고 사는 것도 모자라
저승에 더 젊은 년 기다리는지 서둘러 갔다고
하늘 보고 시부렁거리곤 했었는데
지금은 베트남 며느리 자랑에 침이 마른다

사십 줄 다 가도록 홀로 시름에 젖어있던 아들
바다 건너와 각시 되어준
감자 피부색 닮은 어린 처자가 엄청 고마운 거라

마음씨 곱고 성격까지 따듯해
싱글벙글 입이 귀에 걸린 아들
매일매일 밀려드는 주문에
감자떡 만들어 내기 하루해가 모자라니
동네방네 복덩이가 들어왔다고 침이 마를 지경이다

이제 그만하라고, 남사스럽다면서도
아들은 싫지 않은 듯 콧구멍 벌름거리고

어린 아내도 부끄러운 듯 웃어넘기는데,

나이 든 내 아들 젊은 색시 만나 좋긴 하다만
너도 팔자 너무 기구해
바다 건너 예까지 시집와 늙은 남편 만났다며
제발, 내 팔자는 닮지 말아야 한다고

감자 떡집 할머니, 가끔은
어린 며느리 바라보는 눈가에 이슬이 맺히곤 하는데.

거무스름한 아침

한잔의 커피를 우려내는 일이란
생의 모든 절차가 완성되는 까닭이다

알 하나의 커피콩에 담겨 있을
노동의 수고로움과 기다림

이른 아침 모닝커피를 내리다가
아프리카의 어느 산간 마을
불하받듯 접힌 삶을 사는 아낙들을 떠올린다

텔레비전 화면에서 처음 본
먼 나라 순백의 하얀 꽃 핀 커피 농장

진한 커피색을 닮은 피부는
붉은 태양 아래
머리띠 하나와 몸에 두른 햇빛이 전부인 채
해 저물도록 커피나무 주위를 맴돌며
열매 한 알에 집요하다

인간과 물, 그 불가분의 관계건만
물이 부족한 나라에 태어나

꼭 만나야 하는 필연조차 놓쳐버린 아낙들

입안 가득 퍼지는 향기는
커피콩에 배인,
삶을 향한 필사적인 아낙들의 눈물이 아닐까

모차르트 클라리넷 협주곡 2악장 아다지오가
잔잔하게 흐르는 식탁

커피나무 곁을 떠나지 못하는 곡절을 생각할 때,

잡으면 커피콩 냄새나는 그녀들의 부르튼 손마디가
참으로 질기고 질겨서

넘치도록 우려낸 커피가 거무스름한 아침이다.

무제

창밖에 벙근 목련

문득,

거실로 불러들여
1인 소파를 내어주고 싶어진다.

시간의 증거

물도 마시면 안 돼요
자정부터 금식입니다
내일 아침 여덟 시 전신마취 수술을 할 거거든요

가냘픈 간호사가 전달하는 단호한 말!

어머니 꾸중
선생님 회초리
아내의 잔소리

지금까지
그 많고 많았던, 나를 위한 말들
모두 다 소귀에 경 읽기였는데

시간은 흘러
나는 어느새
오래된 시계를 쳐다보고 있네.

동백꽃

떨어져 누웠어도 여일하구나.

사물이 거울에 보이는 것보다 가까이 있지 않았다

이경우의 시 세계

일상성의 공감,
그 시적
상상력과 성찰

일상성의 공감, 그 시적 상상력과 성찰

이완우
(문예 창작 박사)

1.

문학이, 특히 시가 개인의 서정성 위에 존재한다는 것을 인정한다면 그것은 필연적으로 일상성과 맞닿아 있다고 하겠다. 일상성이야말로 인간의 희로애락이 깃들어 있는 개인의 삶의 근원이며 역사이기때문이다.

시인은 자신의 삶이 투영되어 있는 일상생활 속에서 느끼고 깨달은 것을 문학적 변용을 거쳐 작품으로 탄생시킴으로써 독자들의 공감을 이끌어낸다. 그러므로 일상생활은 문학의 소재로서 매우 중요한 가치를 지닌다.

물론 일상생활이 모두 문학 작품의 소재가 되는 것은 아니다. 선택된 일상, 거기에 작가 자신만의 시각으로 바라본 느낌이나 깨달음을 문학적으로 형상화했을 때 비로소 문학으로서 가치가 있는 것이며, 독자들로부터 호응과 공감을 얻을 수 있는 것이다.

이경우 시인의 작품이 바로 그러하다. 시인은 우리가 늘 접해서 익숙하고 소홀했던 것, 혹은 무심코 지나치거나 무관심했던 것들을 그냥 지나치지 않는다. 시인은 이러한 것들을 자신만의 시각과 사유로 재해석하고 의미를 부여해 새로운 생명을 불어넣고 있다.

일찍이 약관의 나이에 출향(出鄕)해 객지에서 생활하다가 고희가 되어 귀향한 시인의 일상성은 유년 시절의 기억으로부터 출발한다. 그리고 그 고향의 중심에 치악이 있다. 시인의 제1시집과 제2시집이 『치악통신』, 『치악송』일 정도임에랴.

시인의 기억 속 고향은 그리움의 공간이며 결핍의 공간이다.

여름이 오면
제일 먼저 백로들이 하늘을 날았다

마을 뒷산 영송 나무
푸르른 황룡 보들
치악이 내려보내는 학곡 천변에
널어놓은 빨래처럼 하얗게 내려앉았다

논매는 농부들의 어깨너머로
새참 이고 가는 아낙 머리 위로
헬리콥터처럼 낮게 날았다

푸른 들판을 가로질러
하얀 자태를 뽐내듯 떼 지어 날았다

홀린 듯 홀린 듯
백로 떼를 쫓아가던
허기진 아이들의 긴긴 여름날이 있었다.

−「시간 속으로」 전문

　시인이 기억하는 고향은 백로가 한가로이 날아다니고, 뒷산에는 몇
백 년 묵은 커다란 소나무가 그림처럼 자리 잡고 있고, 마을 앞으로는
치악에서부터 흘러내리는 천이 있는 아름다운 곳이다. 그러나 그 아
름다운 곳은 백로 떼를 쫓아가던 허기진 아이들의 긴긴 여름날이 함
께 존재하는 결핍의 공간이기도 하다.

　또한,

어둠이 소환되지 않는 고샅이 있다
길지 않지만 다각적이지 않아
언제나 따뜻한 내 마음의 고향

입구에는 고양이 한 마리
겨울 햇살에 졸고 있는 작은 정자

고샅에 들어서면
고개 끄덕이는 종 대신 산소통이 매달려 있는
교회의 새벽을 깨우는 시간이 있고

담 너머 팔 늘어뜨린 감나무 집
애기똥풀 노랗게 웃고 있는 뜨락엔
지팡이 의지해 걸터앉은 손자 바라기 할아버지
할머니 해소 기침 소리 밤을 앓았다

                    ─「산 너머 남쪽」부분

　이 시에서도 시인의 기억 속의 고향은 아름다운 곳이다. 입구에는
고양이 한 마리, 겨울 햇살에 졸고 있는 작은 정자, 고샅에 들어

서면 고개 끄덕이는 종 대신 산소통이 매달려 있는 교회의 새벽을 깨우는 시간이 있고, 담 너머 팔 늘어뜨린 감나무 집, 애기똥풀 노랗게 웃고 있고, 제비가 둥지 튼 집에서는 아침부터 생선을 굽고, 어디선가 된장찌개를 끓이는 냄새가 나고, 세상을 딛고 서는 아가의 첫걸음이 있어 지팡이 의지해 걸터앉은 손자 바라기 할아버지의 흘러간 세월이나 밤을 앓는 할머니 해소 기침 소리조차 평화롭고 아름다운 일상인 것이다.

그러나 그러한 기억 속의 고향에서도 아픔은 존재한다.

하루 두 번 고샅을 들었다 놓는 남포 소리
사람들은 저마다 리어카 끌고 품을 팔았는데

어느 날, 고샅을 밝히던 홍시 빛 등불도
봄이면 떠나야 한다고
꽃집도, 비석거리도 모두 저수지 물에 잠긴다고

그해 여름
발버둥 치며 고샅길에 주저앉았지만
갓 시집온 귀밑머리 뽀얀 아낙도
귀가 헐 것 같은 매미

그 울음소리마저도 나를 외면한 채

기어이 수면 아래로 묻혀 버린.

─「산 너머 남쪽」 부분

시인은 그렇게 아름답고 평화로웠던 고향을 떠나야 했던 기억을 가지고 있는 것이다. 시인의 이러한 기억은 그의 시 곳곳에 드러나 있다.

희뿌연 새벽, 광목 홑치마저고리로

섶다리 건너

저잣거리 가는 아낙들의 고달픈 발걸음

담보할 수 없는 기약

속절없이 끌려간 아버지의 일제 징용 발길

그믐밤 옆에 끼고

보퉁이 도망치듯 서울로 간 누이는 소식이 없고

이역 타국에 넋을 묻은

윗마을 형님의 월남전 파병 마지막 길

흰 눈 내려 하얀 새벽

어린 손 흔들며

검은 점으로 멀어지던 서울 고종사촌

〈중략〉

나는 그 별들을 마당으로 불러 앉히고

오늘 밤

옛이야기 곱씹으며 잔 가득 눈물을 기울이고 싶다.

-「치악로」부분

  그곳은 광목 홑치마 저고리를 입은 아낙들이 저잣거리에 가기 위하
여 희뿌연 새벽 섶다리를 건너던 고달픈 삶의 현장이기도 하며, 아버
지가 일제에 징용을 끌려간 곳이기도 하고, 누이가 도망치듯 새로운
삶을 위하여 서울로 떠난 곳이기도 하며, 윗마을 형님이 월남전에 파
병 가는 등 수많은 눈물의 곳이기도 하다. 그렇게 고향을 떠난 사람들
의 이후의 삶은 익히 짐작이 가고도 남는다. 징용에 끌려간 아버지의
힘겨운 삶이나 서울로 간 누이의 고달픈 삶, 월남전에서 결국은 목숨
을 잃은 윗마을 형님의 넋을 곱씹으며 시인이 눈물을 흘릴 수밖에 없
는 결핍의 공간이 곧 고향인 것이다.

일반적으로 고향은 어머니와도 같이 모든 사람을 품어주는 안식의 공간으로 인식하거니와, 고향이라는 소재에 결핍이라는 의미를 부여한 시인의 개성적 시각은 동시대를 살아온 독자들은 물론, 그런 시대를 경험하지 못한 독자들의 관심과 공감을 얻기에 충분하다.

뿐만이 아니다.

강림 허브 산장 헛간에서
제 무게에 눌려 숨조차 쉬지 못하고 쌓여있는
장작더미를 보았습니다

한기가 억새처럼 억센 밤

허브차가 끓고 있는 무쇠 난로 옆에 둘러앉아
서울 시인들과 차를 마시면서
무쇠 난로가 능청스레 장작을 받아 삼킬 때마다
나는 방금 가져온 장작개비의 빈자리에 가서 누웠습니다

아버지는 그해 겨울
어린 자식 다니는 초등학교
난방용 통나무장작 100개비를 지게로 부려 놓고

그 무게로 며칠을

마른 장작개비처럼 누워계셨습니다

친구 아버지들은 장작 대신 현금을 냈지요

단돈 500환!

툭!

무쇠 난로가 호들갑을 떨고 있습니다

떨어지는 눈물 한 방울이 뜨겁다고.

　　　　　　　　　　　　-「눈물의 온도」 전문

　시인은 지인들과 함께 머물렀던 산장의 장작더미에서 어린 시절 아버지의 모습을 떠올리기도 한다. 겨울철 학교의 난방을 학부모들이 해결하던 그 시절, 다른 사람들은 모두 현금으로 대신하는 500환을 아끼기 위해 아버지는 장작 100개비를 지게로 짊어지고 학교에 부려 놓은 다음 며칠을 장작개비처럼 앓아누웠다. 서울서 온 시인들과 일종의 즐거운 친목의 자리인 산장에서조차 장작개비를 통해 아버지의 고단한 삶을 연상하고 눈물을 흘릴 만큼 시인에게 고향의 기억은 한이 서린 곳이다.

장작이라는 소재와 아버지라는 연상 또한 일상적 소재에 개인적 의미를 부여한 것으로 독자의 공감을 획득하는 요소로 작용하고 있다.

2.

그러나 시인에게 고향은 결핍의 공간이기만 한 것은 아니다. 고향은 시인에게 삶의 지표를 알려주는 공간이기도 하다.

세상을 거절한
운곡의 흰 무명 두루마기 같은 눈

그 안에 지닌
그가 꿈꾸었던 새하얀 세상

눈이 내리네
적막이 쌓이네

−「겨울 치악」 부분

시인은 산에 쌓인 눈을 보고 새하얀 세상을 꿈꾸던 운곡의 두루마기를 연상한다. 운곡은, 특히 운곡과 이방원과의 일화는 고향을 노래하는 시인의 시에 자주 등장하는바, 아마도 시인은 출세의 길을 마다하고 치악에 은거해 살았던 운곡의 올곧은 정신을 본받고 싶었던 듯하다. 이러한 시인의 태도는 다음의 시에도 나타나 있다.

나는 운곡을 알지 못한다

방원도 알지 못한다

치악산 너머 강림, 단풍 붉은 부곡 계곡

노구소의 노파 또한 알지 못한다

나는 변암을 가보지 못했다

횡지암도 가보지 못했다

배향산 또한 가보지 못했다

600여 년 전 세상을 거절한,

스승과 코드는 달라도 인품은 존경해

스승 찾아간, 임금이 된 제자 태종

그 애틋한 사연을 가슴으로 느껴보는 것이다

고요히 눈을 감고 비각에 걸터앉아

바람 속으로 흘려보낸 지난날들 속에

제자라는,

잃어버린 이름의 나를 되새기면서.

                    −「기억만이라도」 부분

시인은 운곡을 알지 못한다고 한다. 방원도 노구소 노파도 알지 못하며, 변암에도 횡지암에도 배향산에도 가보지 못했다고 말한다. 다만 가슴으로 느껴보기만 할 뿐이라고 말한다. 그러나 어찌 시인이 정말 운곡을 모르랴. 일반인들은 알지도 못하는 구체적 일화를 알고 있는 시인의 반어적 표현은 그들처럼 살 수 있는 경지에 이르지 못한 자신을 반성하는 의미이리라. 그리하여 시인은 고요히 눈을 감고 비각에 걸터앉아 바람 속으로 흘려보낸 지난날들 속에 제자라는, 잃어버린 이름의 자신을 되새기는 것이다.

시인이 본받고 싶은 대상은 또 다른 시에도 잘 나타나 있다.

나는,

세상에 거절당한
고송孤松을 사모하였다

가을이 오면,

그가 뿌린 마지막
붉은 피를 바라보며 고개 숙인다.

　세상에 거절당한 고송을 사모하여 그가 뿌린 마지막 붉은 피를 바라보며 고개를 숙이는 것은 고송의 모습을 닮고 싶은 시인의 마음의 표현일 터이다. 고송은 병자호란 때 용맹과 기개를 떨친 장수 임경업의 호로서 '고송을 사모하였다'는 것은 그의 기개와 용맹에 대한 존경의 표현인 동시에 그런 정신으로 살고 싶다는 의미라 여겨진다. 그것은 아마도 인생의 중요한 시절을 군인으로 근무했던 시인의 경력과도 무관하지 않을 것이다.

　시인의 이러한 자세는 비단 역사적 인물뿐 아니라, 시인 주변에 존재하는 자연물에도 드러나 있다.

　　노송의 얼굴이 둥글다
　　직선이 만든 걸작이다

　　직선은 매우 직선적이어서
　　원을 뚫고 솟아오른 직선 하나가
　　몇 개의 직선을 치고

　　다시, 그 직선들이 직선을 치고

또 그 직선들이 모여

마침내,

커다란 원을 만들어 낸 것

하늘로 향하는 흔들림 없는 집념처럼

원을 지탱하는 힘은

햇살에 대한 깊은 믿음이다

노송의 오래된 세월을 관조하면서

나는,

삶의 의미를 호흡한다 노송의

지혜의 여백을 배운다

-「직선, 직선적인」 전문

시인은 노송의 얼굴이 둥글다고 하면서 그 둥긂이 직선들이 모여서
이루어진 것이라 의미를 부여한다. 그리고 직선이 원이 될 수 있는 것
은 하늘을 향한 흔들림 없는 집념과 햇살에 대한 믿음이라고 말하면
서 노송의 지혜와 여백을 배운다고 한다. 노송을보고 삶의 지혜와 여
백을 배운다는 설정이야 그렇다 치더라도 노송에서 얼굴을 찾아내고

그 얼굴이 둥글다는 것과 그 둥긂이 직선들의 믿음과 집념으로 모여서
이루어졌다는 것과 그를 통해 여백의 지혜를 읽어내는 눈은 오랜 세월
노송을 바라보며 살아온 시인만의 혜안이 작용하였기 때문일 것이다.
오랜 세월 바라본다고 보이는 것이 아니기 때문에 더욱 그러하다.

　시인은 산 깊은 계곡의 백골이 되어버린 나무에서도 삶의 자세를
배운다.

　　　　서 있어도 기울어지는 산 깊은 계곡

　　　　선 채로 백골이 되어버린 나무

　　　　〈중략〉

　　　　소리 없이 울부짖었을 나무와

　　　　나무가 흘렸을 마지막 눈물

　　　　나는 읽어내지 못한다

　　　　나무의 애절한 심장의 마지막 울음을

　　　　〈중략〉

　　　　돌아서면 흩어지는 먼지에 불과한,

　　　　나 또한

　　　　무심히 흘러가는 계곡의 한 방울 물일 수밖에.

　　　　　　　　　　　　　　－「마무리 플롯」 부분

시인은 '소리 없이 울부짖었을 나무와 나무가 흘렸을 마지막 눈물 나는 읽어내지 못한다'고 하면서도 '해와 달과 더불어 살아온 한 생의 흔적을 산속에 남겨둔 채로, 나무는 제 죽음의 이야기를 멈추지 않을 것'이라 하면서 '돌아서면 흩어지는 먼지에 불과한, 나 또한 무심히 흘러가는 계곡의 한 방울 물일 수밖에' 없는 자신을 돌아본다.

드디어 시인은 자신이 소망하는 삶을 한마디로 정의한다.

떨어져 누웠어도 여일하구나.

—「동백꽃」 전문

시인이 바라는 삶은 거창한 것이 아니었다. 아니 소박한 것이었다.

3.

그러나 고향 산천과 관련한 역사적 인물이나 주위의 자연을 통한 이러한 깨달음을 얻기까지 시인은 오랜 시간 좌절과 갈등과 성찰의 과정을 거쳐야 했다.

물이 운다
알몸으로 운다

떠나면서 울고
울면서 떠나간다

부딪치고 넘어지면서 간다

태어나면서부터 거역할 수 없는 유랑의 유전자

−「물의 뼈」 부분

시인의 갈등은 흐르는 물조차도 알몸으로 우는 것으로 보인다. 떠나면서 울고 울면서 떠나가고, 부딪치고 넘어지는 물의 울음은 곧 시인 자신의 울음이리라. 그리고 그것은 태어나면서부터 거역할 수 없는 유

랑의 유전자라면서 시인은 좌절하고 있다. 급기야 물의 울음은 비명
이 되고 절규가 되어 푸른 피멍이 되었다가 관절통 앓는 신음이 된다.

온몸을 뒤집으며 자지러지는 물의 비명

흐르는 물소리가
물에 빠져 허우적거리거나
가슴을 치는 절규처럼 들리기는 처음이었다

시냇물의 비명을 듣고 난 뒤에야 비로소
그 깊숙이 들어버린, 푸른 멍이 보이는 것이었다

겨울 새벽 강의
관절통 앓는 신음이 들리는 것이었다.

−「물의 뼈」 부분

시인의 이러한 갈등은 이상과 현실의 괴리에서 비롯된 듯하다.

무지개를 끌어내렸다

울지 못하는 감자달은 쳐다보지 않았다

느닷없는 화산처럼 마주한,
총검 움켜쥔 비 퍼붓는 그믐밤
아침이 눈바람에 굳어버렸는데도
뜨거운 피가 끓어올랐으나 신기루였다

조미료 친 말에 팔랑거리는 귀
한낮에 별을 찾으려는 허망한 몸짓

두 손으로 끌어내린 무지개
다시 일으켜 세우고 싶어도
어느새 너무 멀리 와버린 길
사물이 거울에 보이는 것보다 가까이 있지 않았다

―「카프카적 시간」 부분

　뜨거운 피가 끓어올랐으나 신기루였음을 확인하고 사물이 거울에 보
이는 것보다 가까이 있지 않은 것을 깨달은 시인은 무지개를 끌어내리
고 감자달은 쳐다보지 않기에 이른다. '무지개'나 '감자달'이 이상을 의

미하는 것이라면 사물이 거울에 보이는 것보다 가까이 있지 않았다는 것은 시인의 녹록지 않은 현실 인식임은 두말할 나위가 없을 것이다.

시인의 이러한 좌절과 갈등은 세상에 대한 분노로 이어진다.

노인이라고 적었다

老가 아닌 怒로 적었다
제아무리 살기 바쁘다 해도
찜통 여름 내내
전화 한 통 없는 자식 놈이라고 적었다

아직 팔 근육은 시들지 않았는데
하릴없이 도시 속의 섬
파고다 공원을 기웃거렸다고 적었다

등 굽은 물고기가 동해를 넘실거리고
황사는 오늘도
서편 하늘을 물들이며 몰려오는데
밤늦도록 주점에는

넘쳐나는 젊은이들이라고 적었다

눈치 없는 혈압이 정수리까지 차오르지만

내 그림자는 이미 길어진 지 오래
내가 할 수 있는 건
다만,
내 마음 내가 다독일 수밖에 없다고 적었다

그래서
人이 아닌 刃으로 적었다.

−「하도 낙서」 전문

　시인의 분노는 아직 팔 근육은 시들지 않았는데 하릴없이 도시 속
의 섬 파고다 공원을 기웃거려야 하는 현실로부터 온 듯하다. 시인은
그러한 분노를 전화 한 통 없는 자식 놈에게로 돌리기도 하고, 밤늦도
록 주점에는 넘쳐나는 젊은이들에게로 돌렸다가, 결국에는 스스로 마
음을 다독거리고 참아야 한다고 생각한다.

수레너미 둘레길 옆 바윗돌
정성을 쌓아 올린 5층 돌탑

탑을 쌓는다는 건
마음의 중심을 바로 세우는 일

－「아미타경」 부분

마음을 다독거리고 참는다는 것은 탑을 쌓듯 마음의 중심을 바로
세우는 일이라 생각한다. 그러나 시인의 참음은 결국 자신을 강화하
는 방향으로 나타나기도 한다.

나는 존재의 아이콘이다

세상의 아름다움도
우주의 신비스러움도

모두
나로부터 시작된다

내가 세상의 중심이다.

—「유아독존」 전문

그러나 내가 세상의 중심이라며 자신을 강화하는 것은 일종의 세상에 대한 항거이며, 아무리 발버둥 쳐도 세상은 결코 나와 관계없이 움직인다는 것을 확인하고 말았을 때 오는 오기 혹은 내가 전혀 세상의 중심이 아니라는 것을 확인하면서 부려보는 어깃장으로서, 진정한 의미에서 마음을 바로 세우는 일은 아니다. 오랫동안의 인내를 통해서 마음을 바로 세우는 것은 성찰을 통해서 깨달음을 얻을 때 가능한 것이다.

강릉 방향 새말 인터체인지 부근
보랏빛 가득한 비탈밭은 감자들의 고향
머무는 것이 익숙하지 않은 솔바람 사이로
감자알 익어가는 소리 들린다
감자들의 행복한 웃음소리 굴러다닌다

저마다 갈길 따라 떠나버린 형제들
홀로 고향에 남아 고향 지키는 어미의 이야기 속으로
감자들은 한창 여행 중이다

감자 닮은 바위가 많아서
바위 닮은 감자가 많아서
감자바위라 부르던 사람들은 듣고 있을까
감자들의 저 황금빛 웃음소리를

－「경사각의 형식」 부분

오랜 고통과 갈등을 통해서 시인은 감자들의 행복한 황금빛 웃음소리를 듣게 된다. 시인이 감자들의 웃음소리를 듣게 되기
까지는 여러 가지 과정이 있었던 것으로 보인다. 먼저 세상을 떠난 이들에 대한 그리움이나 자신의 수술 등을 통해서 삶에 대해 어느 정도 순응하게 되는 계기 등이 그것일 터이다.

말씀 한마디 남김도 없이
아버지, 눈길 따라가신 지 어언 십오 년
〈중략〉
낡은 털신 한 켤레
신발장에서 눈물짓고 있네

－「기억의 무게」 부분

떠나신 지 십오 년이나 되었건만, 아니 그래서 시인은 주인 잃은 문패, 낡은 털신, 액자 속 무공훈장 등 삶의 현장 곳곳에서 아버지를 그리워하고 있다. 어쩌면 아버지에 대한 그리움에서 자신도 모르는 사이 아버지를 닮아 있는 것인지도 모른다.

> 내 논에 물들어가는 것이
> 이토록 시원할까
> 타는 내 목마름이 덩달아 가시는 듯하다
> 〈중략〉
> 논으로 들어가던 물이
> 입술을 동그랗게 오므리며 킥킥거리는 거였다.

>   −「단순한 기쁨」 부분

아버지를 그리워하는 시인은 어느새 평생 농부였던 아버지처럼 내 논에 물들어가는 기쁨을 느끼기에 이르렀다. 내 논에 물들어가는 기쁨은 경험해 보지 않은 사람은 알기 어려운 일이다. 의미야 변질이 되었지만, 아전인수我田引水라는 말이 있고 보면 그 기쁨이 우리가 생각하는 것 이상일 텐데, 시인이 아전인수의 기쁨을 느끼게 되었다는 것은 어느 정도 현실과 자연에 순응해 가기 시작한 것으로 볼 수 있다.

시인에게는 스승이자 동료이며, 인생의 도반인 지인이 있었다. 그도 먼저 세상을 떠났다.

내가 급하게 그를 찾았을 때

아, 이 선생! 하고 말하고 싶은 그와

아, 이 선생! 하고 말할 수 없는 그가

아, 이 선생! 하고

번쩍! 눈으로 말했다

119보다, 내가 먼저 생각나더라고 말하던 그가

지금,

지난 시간을 어디에 넣어 두었는지

여기는 어디, 나는 누구? 하듯

저 멀리 아득한 표정으로 바라보는데

그를 기억하고 싶은 그가 보였다

그를 기억하고 싶지 않은 그가 보였다

그는 홀로 노을 진 들판을 하염없이 걸어가고 있었다.

-「산정의 노을」 부분

그가 먼저 세상을 떠났을 때 시인이 받았던 충격과 좌절을 나는 안다. 아니 나는 보았다. 인생의 도반을 잃었을 때 받았을 막막한 고립감. 시에는 그에 대한 그리움과 원망의 마음이 담겨 있다. 그러나 이제 담담히 그와의 추억을 소환할 수 있을 정도로 시인은 마음을 추스른 것으로 보인다.

> 월계동 대나무 숲 둥근 달은
> 지금도 푸르게 빛나고 있을까
> 벤치에 기대어
> 밤 이슥토록 시를 이야기할 때
> 아무리 소문난 주酒님의 신자라 해도
> 성수찬양 시간을 조금만 줄였으면 했는데,
>
> 모두 나의 친구들이지
> 순수한 '생맥 500', 개성이 있는 '처음처럼'
> 진정한 우정은 친구를 해치는 법이 없소
> 친구가 있으면 불면의 밤이 무섭지 않아
> 시가 샘물처럼 솟아나거든!

〈중략〉

월계동 대나무 숲을 비추던

계수나무 푸른 달빛

이제는 아름다웠던, 그 어느 날의 풍경 한 컷.

—「지워지지 않는 풍경」 부분

그리하여 드디어 시인은 말한다. '이제는 아름다웠던 그 어느 날의 풍경 한 컷'이라고.

가까운 이들의 죽음과 그로 인한 고통 속에서 시인은 이승과 저승에 대해서 고민했음이 분명하다.

어디서 온 걸음일까

〈중략〉

들 가운데 학처럼 홀로 떠 있는 집

노인의 흰 수염이 눈바람에 휩쓸리던 날

젖은기침 쿨럭이며

눈길 따라 떠나가신 할머니

할머니 찾아오라며,

날마다 눈빛이 아득해지는 노인

〈중략〉

할머니와 노인

이승과 저승을 이어주는

눈밭 위의 외줄 발자국이 선명하게 살아있다.

－「외줄 발자국」 부분

결국 시인은 이승과 저승은 눈밭 위의 외로운 발자국처럼 이어지는 것이라 정의한다. 그것은 삶과 죽음이 각각 차단되어 있는 것이 아니라, 언제든 갈 수 있는 우리 곁에 있음을 깨닫는 것이라 하겠다.

그래서 시인은 이승에서 저승으로 가는 것을 '환승'이라 표현한다.

다시 돌아올 사람 없는,

오직 한 사람만을 위한 임시 터미널

경계가 모호해진 사람들로 북적인다

〈중략〉

일상에서의 갈아타기에 익숙한 우리

이승에서의 마지막 환승의 문이 닫히고 나면

한 시대의 기억이

흐릿해지는 것에 대하여 익숙해져 있다

터미널을 떠나면

궤도를 따라 하늘 너머로 떠가겠지만

처음 가는 서툰 길의 종착역은 그 어디쯤인지

가본 자만이 알고 있을 것이다

−「환승」 부분

　이승에서 저승으로 가는 길은 가기만 할 뿐 오지는 못하는 일방향
이다. 그래서 한 번도 가본 적이 없는 서툰 길일 수밖에 없는 것이다.
종착역을 아는 자들도 없다.

　시인의 삶과 죽음에 대한 이러한 인식은 어쩌면 본인이 겪었던 몇
번의 수술 경험도 무시하지 못할 일일 것이다.

　　아아

　　그곳은 분명 블랙홀이었어

시간은 멈추고 빛이 증발해버린 고요와 평화,

고통도 기쁨도 그 아무것도 아닌 무無의 세계였으니까

아침 8시. 엘리베이터를 타고 천상으로 향하듯 낯선 문을 열고

내가 누운 스트레처 카 가 자리를 잡았을 때,

내 팔을 잡은 의사의 감촉이 느껴지려는 찰라

태양은 사라지고

궤도를 이탈한 세상은

저항할 수 없는 형체의 강력한 중력에 빨려들었어

순간이었지

아아

지난날 매우 이기적이었어

감정을 억제하지 못하고 순리를 거스르며 살아왔거든

그러므로, 분노와 탐욕의 지옥을 헤매다가

연옥의 벼랑을 단계별로 지나며

모든 죄를 씻고 나서, 비로소 구원을 받아

천국으로 오르는 길이었나 봐

눈 떠 보세요!라는 소리에

마법처럼, 사건의 지평선을 벗어나며
다시 눈을 떴을 때, 돌연 쏟아지는 눈물
왜 이렇게 눈물이 많으세요?

아아
저, 밝은 햇빛
변함없는 이 소란함이란!

–「처음 그 느낌」 전문

  이제 시인은 평온해졌다. 모든 것을 받아들일 마음의 준비가 되었
다. 아니 소망하고 있다. 조금 쓸쓸하고 허망한 가을날, 허공에 날리
는 은행잎이 될 수 있을 정도로.

    샛노란 은행잎들이 바람에 하르르 날리고 있다

가볍다

때 되어 평온하게 질 수만 있다면!
주저 없이

저,

은행잎처럼.

−「소망」 전문

4.

이렇듯 결핍된 유년의 고향에 대한 기억과 현실적 갈등, 그리고 성찰과 깨달음 등 일상생활에서 선택한 소재를 자신만의 시각으로 형상화한 시인의 시 창작 방법에는 몇 가지 특징을 찾아볼 수 있겠다.

먼저 연상의 매개물 혹은 객관적 상관물의 문제이다.

객관적 상관물(客觀的 相關物)이란 T.S 엘리어트가 처음 표현한 말로서, 창작자가 표현하려는 자신의 정서나 감정, 사상 등을 다른 사물이나 상황에 빗대어 표현할 때 이를 표현하는 사물이나 사건을 뜻한다. 즉, 개인적 감정을 그대로 드러내는 것이 아니라 사물과 사건을 통해서 객관화하려는 창작기법이다.

물이 운다
알몸으로 운다
떠나면서 울고
울면서 떠나간다
부딪치고 넘어지면서 간다

−「물의 뼈」 부분

이 시에서 객관적 상관물은 '물'이다. 시인은 '물이 운다/알몸으로 운다'라고 하여 울고 있는 자신의 심경을 간접적으로 표현하고 있다.

　　나는,

　　세상에 거절당한
　　고송孤松을 사모하였다

－「적악산」 부분

　　세상을 거절한
　　운곡의 흰 무명 두루마기 같은 눈

　　그 안에 지닌
　　그가 꿈꾸었던 새하얀 세상

－「겨울 치악」 부분

　　숲 속 어디선가 검붉은 꿩 한 마리 솟구쳐 오른다
　　사람이 두려워도 깊은 산 속으로 깃들지 못하는

저 꿩 같은 사내

오늘 드디어 사람 곁을 떠나려나 보다

-「꿩, 숲에 깃들다」 부분

서 있어도 기울어지는 산 깊은 계곡

선 채로 백골이 되어버린 나무

알 수 없는 분노가 옹고집으로 남았는지

나무는 죽음의 기울기조차 거부하고 있다

-「마무리 플롯」 부분

떨어져 누웠어도 여일하구나.

-「동백꽃」 전문

고송, 눈, 꿩, 나무, 동백꽃 등 시인이 사용한 객관적 상관물은 모두

시인의 고향에서 만날 수 있는 소재들이다. 시인은 이들 객관적 상관

물을 통해 기개 있는 삶이나 깨끗하게 살고 싶은 마음, 세상에 융화되

지 못하는 자신, 그리고 평화롭게 살고 싶은 자신의 심정을 드러내고 있다. 특이한 것은 「동백꽃」에서는 시의 본문에는 객관적 상관물이 등장하지 않는다는 점이다. 일종의 생략된 객관적 상관물이라 할 수 있는데, 그러나 우리는 시의 제목만으로도 동백꽃이 객관적 상관물로 쓰였음을 알 수 있다.

시인은 객관적 상관물 이외에도 연상을 매개하는 소재를 즐겨 사용하고 있다.

서울 시인들과 차를 마시면서
무쇠 난로가 능청스레 장작을 받아 삼킬 때마다
나는 방금 가져온 장작개비의 빈자리에 가서 누웠습니다

아버지는 그해 겨울
어린 자식 다니는 초등학교
난방용 통나무장작 100개비를 지게로 부려 놓고
그 무게로 며칠을
마른 장작개비처럼 누워계셨습니다

−「눈물의 온도」 부분

길은 언제나 목적지를 향해 일방적이다

희뿌연 새벽, 광목 홑 치마저고리로
섶다리 건너
저잣거리 가는 아낙들의 고달픈 발걸음

담보할 수 없는 기약
속절없이 끌려간 아버지의 일제징용 발길

「치악로」 부분

여름이 오면
제일 먼저 백로들이 하늘을 날았다
마을 뒷산 영송 나무
푸르른 황룡 보들
치악이 내려보내는 학곡 천변에
널어놓은 빨래처럼 하얗게 내려앉았다

-「시간 속으로」 부분

'장작개비'는 아버지를 떠올리는 매개물로, '길'은 과거의 사건들을 떠올리는 매개물로, '백로'와 '영송나무'는 과거의 추억을 떠올리는 매개물로 사용되어 시의 형상화에 기여하고 있다.

두 번째로 살펴볼 문제는 메시지 전달 방식에 관한 것이다.

시인의 시에는 매개물을 통하여 과거를 연상하고 그와 연관되는 이야기를 형상화한 작품들이 많다. 여기서는 이야기 시라 지칭해도 좋을 작품을 골라 작가에게서 독자에게로 전달되는 의사소통 관계를 밝혀 시인의 시 창작 방법의 일면을 알아보고자 한다. 이것은 문학 작품을 언술들이 갖는 의미 기능, 언어 구조, 의미를 펴나가는 주체의 표현 행위와 객체를 독립적으로 파악하는 것이 아니라, 하나의 의사소통 구조 안에서 상호 연관성을 중시하여 언어의 유기적 구조의 종합적 분석을 의미하는 것으로 문학 작품의 언어 구조와 언어의 체계를 밝혀내는 작업이라 할 수 있다.

강림 허브 산장 헛간에서

제 무게에 눌려 숨조차 쉬지 못하고 쌓여있는

장작더미를 보았습니다

한기가 억새처럼 억센 밤

허브차가 끓고 있는 무쇠 난로 옆에 둘러앉아

서울 시인들과 차를 마시면서

무쇠 난로가 능청스레 장작을 받아 삼킬 때마다

나는 방금 가져온 장작개비의 빈자리에 가서 누웠습니다

아버지는 그해 겨울

어린 자식 다니는 초등학교

난방용 통나무장작 100개비를 지게로 부려 놓고

그 무게로 며칠을

마른 장작개비처럼 누워계셨습니다

친구 아버지들은 장작 대신 현금을 냈지요

단돈 500환!

툭!

무쇠 난로가 호들갑을 떨고 있습니다

떨어지는 눈물 한 방울이 뜨겁다고.

　－「눈물의 온도」 전문

　먼저 예비적 독서를 위하여 위의 시를 표면적 의미와 외면적 구조를 살펴보면 다음과 같다.

    ·표면적 의미

    –제1연: 산장 헛간에서 장작더미를 본다.

    –제2연: 한기가 억센 밤이다.

    –제3연: 난롯가에 둘러앉아 차를 마시다가

              나는 장작개비의 빈자리에 눕는다.

    –제4연: 장작개비에서 어린 시절, 아버지가 돈을 아끼기 위해

              학교에 장작 100개비를 가져다 놓은 다음 앓아누웠

              던 사실을 떠올린다.

    –제5연: 다른 친구들은 장작 대신 현금 500환을 낸다.

    –제6연: 내가 눈물을 흘린다.

    –제7연: 눈물이 난로에 닿자 무쇠 난로가

              눈물방울이 뜨겁다고 호들갑을 떨고 있다.

    ·외면적 구조

제1연

  –제1행: 10자(3음보)

  –제2행: 18자(6음보)

  –제3행: 10자(3음보)

제2연

-1행: 10자(3음보)

제3연

-제1행: 18자(4음보)

-제2행: 12자(3음보)

-제3행: 19자(4음보)

-제4행: 23자(5음보)

제4연

-제1행: 8자(3음보)

-제2행: 11자(3음보)

-제3행: 19자(5음보)

-제4행: 7자(3음보)

-제5행: 15자(3음보)

제5연

-제1행: 17자(5음보)

-제2행: 4자(2음보)

제6연

－제1행: 1자(1음보)

제7연

－제1행: 15자(3음보)

－제2행: 14자(3음보)

위와 같은 표면적인 의미와 외면적 구조는 외적인 객관의 사실을 제
시하는 것이어서 시의 통일된 내부적 의미와는 다를 수 있다.

의미구조의 이해를 위해 위의 시 「눈물의 온도」를 의미 기능 단위로
재구성하면 다음과 같이 요약될 수 있다.

1) 초등학교에 다니던 시절 학교에 난방용 장작을 내야 했다.

2) 다른 친구들은 장작 대신 돈 500환을 낸다.

3) 아버지는 돈을 아끼기 위해 장작 100개비를 짊어지고
   학교에 가져간 다음 앓아누웠다.

4) 한기가 억센 날 서울 사는 시인들과 산장에 모인다.

5) 헛간에서 장작더미를 본다.

6) 시인들과 난롯가에서 차를 마신다.

7) 장작개비 사이에 누워 아버지를 떠올린다.

8) 내 눈에서 눈물이 난로로 떨어진다.

9) 눈물이 닿은 난로에서 '툭'하는 소리가 난다.

10) 눈물이 난로에 닿자 무쇠 난로가 눈물방울이 뜨겁다고
   호들갑을 떨고 있다

위의 각 기능을 용례별로 정리하면

−지시적 기능: 1) 3) 4) 6) 8) 9)

−정보적 기능: 2) 5) 7) 10)

−주제적 기능: 8)

−행위적 기능: 8)

−반논리적 기능: 1) 3)

−환기적 기능: 1) 3) 7)

−보조적 기능: 9)

가 된다.

지시적 기능이란 사실의 세계를 지시하는 1차적 계약에 속하는 기능이다. 다시 말하면 객관적으로 확인할 수 있는 사항들을 가리키는 말이다. 2)의 경우 지시적 기능에서 제외한 것은 다른 친구들 대다수가 행한 것으로 보기 어렵기 때문이다. 시인의 입장에서는 장작을 직접 짊어지고 갔다가 앓아누운 아버지와 대비되는 친구의 일이므로 다

소 과장적으로 느낄 수 있는 부분이라 여겨진다.

2) 5) 7) 10)이 정보적 기능에 해당하는 것은 작품 내부의 사실성과 관련되기 때문이다. 다른 친구들은 장작 대신 돈 500환을 냈다든가, 시인이 헛간에서 장작더미를 본다든가, 시인이 장작더미를 보고 아버지를 떠올린다든가, 눈물이 떨어진 난로에서 무쇠 난로가 눈물방울이 뜨겁다고 호들갑을 떨고 있다는 것은 다른 사람은 느끼지 못할 수도 있는 시인만의 내부적 논리로서 존재하는 것이다.

8)이 주제적 기능이 되는 것은 그것이 작품 전체를 하나의 밧줄로 묶는 역할을 하기 때문이다. 1) 2) 3) 4) 5) 6) 7)은 결국 8)을 설 명하기 위해 제시된 전제일 뿐이다.

반 논리적 기능은 논리를 침해하는, 질서를 배반하는 기능으로 위 시에서는 1)과 3)이 이에 해당된다. 즉, 학교에 난방용 장작을 내야 하는 상황과 장작을 짊어지고 갔던 아버지가 앓아눕는 상황으로 인해 가난한 가정의 삶에 장애가 생기고 왜곡이 발생하게 된 것이다.

환기적 기능은 한 요소가 반복적으로 나타나 전과 후를 연결하고 작품 내부의 통일성을 주는 기능이다. 위 시에서는 장작이 그에 해당하는 것으로 장작은 아버지를 떠올리게 하는 요소인 동시에 한 가정의 평화에 영향을 주는 요소이다.

9)의 '툭'은 10)의 '호들갑'의 내용을 보조해 주는 보조적 기능의 역할을 담당하고 있다.

위 시에서 '산장', '장작', '아버지'는 하나의 차이 개념으로 존재하는 계열체로서 '장소', '매개물', '그리움의 대상' 등으로 통합될 수 있다. 즉, '산장'은 '산', '길' 등의 계열체로, '장작'은 노송', '물', '백로' 등으로, '아버지'는 '그', '아낙', '누이', '고종사촌' 등의 계열체로 대체될 수 있는 것이다.

이상과 같이 계열체로 대체될 수 있는 것은 고향과 유년의 기억 등을 소재로 한 시인의 시 전반으로 확장할 수 있는바, 그것은 바로 일상생활에서 선택한 소재와 선택된 소재에 시적 상상력을 더하여 부여한 의미를 형상화한 효과라 할 수 있겠다.

사물이 거울에
보이는 것보다
가까이 있지 않았다

펴 낸 날   2020년 9월 28일
지 은 이   이경우
펴 낸 이   이기성
편집팀장   이윤숙
기획편집   이지희, 윤가영
표지디자인 이지희
책임마케팅 강보현, 류상만
펴 낸 곳   도서출판 생각나눔
출판등록   제 2018-000288호
주   소   서울 마포구 잔다리로7안길 22, 태성빌딩 3층
전   화   02-325-5100
팩   스   02-325-5101
홈페이지   www.생각나눔.kr
이 메 일   bookmain@think-book.com

• 책값은 표지 뒷면에 표기되어 있습니다.
  ISBN 979-11-7048-146-1(03810)

• 이 도서의 국립중앙도서관 출판 시 도서목록(CIP)은 서지정보유통지원시스템 홈페이지
  (http://seoji.nl.go.kr)와 국가자료공동목록시스템(http://www.nl.go.kr/kolisnet)에서
  이용하실 수 있습니다(CIP제어번호: CIP2020039682).

'이 책은 강원도, 강원문화재단 후원으로 발간되었음'